ALFRED SCHERRER
JOHANN SCHORN
WOLFGANG VICTOR

ÜBER LINZ

STADTANSICHTEN

GUTENBERG

Idee und Konzeption:
Alfred Scherrer und
Johann Schorn

Hauptverantwortliche
Fotografie:
Wolfgang Victor

Einleitung:
Michael Frank

Editional:
Alfred Scherrer

Bildtexte:
Silvia Kitzmantel
Dr. Manfred Stepany

Fotografie:
Wolfgang Victor
Alfred Scherrer
Andreas Allerstorfer

Heinrich Aberl
Wilma Aberl
Chemie Holding AG
Erika Döberl
Fotostudio Okay
Helmut Ploberger
Erika Reifetzhammer
Horst Stasny
Sebastian Wagner

Artwork:
Arthouse – Linz
Johann Schorn

Lithografie: Krammer, Linz
Satz: Text + Bild, Linz

1. Auflage Dezember 1988
ISBN: 3-900401-23-3

Alle Luftaufnahmen vom
BMLV mit Zl. 13.088/175-1.6/88
freigegeben

Gesamtherstellung:
Druckerei Gutenberg, Linz
Anastasius-Grün-Straße 6

Über „Über Linz".

500 Jahre schon ist Linz Landeshauptstadt von Oberösterreich. Dennoch erscheint diese Stadt, die zu jeder Zeit mit der Zeit gegangen ist, im Jubiläumsjahr 1990 jugendlicher und moderner denn je.

Als ich Johann Schorn fragte, ob wir gemeinsam einen Bildband „Über Linz" herausbringen wollen, war er begeistert. Diese Begeisterung breitete sich in der Folge auf unser gesamtes Team aus und ist – nach Beendigung der Arbeiten an diesem Buch – auch heute noch vorhanden.

Unser Konzept war von Anfang an klar: Wir wollten mit nicht alltäglichen Bildern den Alltag dieser Stadt einfangen und sie so lebendig zeigen, wie sie ist.

Zur Umsetzung unserer Idee bedurfte es einer meisterhaften Fotografie wie der unseres Mitarbeiters Wolfgang Victor.

So wurde aus unserem Duo ein Trio, aus dem Trio ein Team mit Andreas Allerstorfer und den Journalisten Silvia Kitzmantel und Dr. Manfred Stepany, welches mit dem Korrespondenten der Süddeutschen Zeitung Michael Frank vervollständigt wurde.

Aus einer Idee wurde ein Bildband: Eine Nahaufnahme von Linz und seinen Menschen, eine Bilddokumentation unserer Zeit von zeitlosem Wert.

Wir, die wir hier arbeiten und leben, sind mit Linz so eng verbunden, daß wir „unsere Stadt" einmal „herzeigen" wollten, so wie man Liebgewonnenes mit Stolz zur Schau trägt.

Und, wahrhaftig ist es so, wenn man ganz genau hinschaut auf dieses Linz, es bietet Schönheiten, die, so scheint es, dem flüchtigen menschlichen Auge im Alltag verborgen bleiben.

Unser Bildband aber zeigt sie.

Komm.-Rat Alfred Scherrer
Geschäftsführer der
Gutenberg-Werbering
Gesellschaft m.b.H., Linz

Linz ist vielleicht die einzige Wolkenstadt, die alles andere ist als wolkig, die sehr konkret sein kann, sehr nüchtern, sehr irdisch und trotzdem ein bißchen poetisch. Arbeit, Kunst und Geschichte ballen und bauschen sich über der Stadt wie Kumulus, Nimbus und Stratus – so die nüchternen Namen der Meteorologen für die phantastisch flüchtigen Erscheinungen, die oft der Föhn und andere Wetter an den Himmel zwischen der Stadtsilhouette und dem fernen Horizont der Alpen malen. Das sind dann Glückstage.

Die Wolke über Linz besteht nicht selten aus Schein und Schall und Schönheit. Wenn die schon legendäre Linzer Klangwolke als multimediales Spektakel die beiden ganz eigenartigen Kunstfeste der Stadt zusammenfaßt: Das seines größten Klassikers Anton Bruckner und das der modernsten, der jetztzeitigsten Kunst, die sich denken läßt, der Ars electronica.

Die steinerne Wolke über Linz ist immer da: Himmlisch und sehr barock ruht auf ihr die goldene Dreifaltigkeit, als Schutzpatronin die Pestsäule auf dem Hauptplatz krönend. Unter dieser Wolke versammeln sich die historische Seele und der ästhetische Liebreiz einer langen Geschichte, die der Stadt gemächliche Prosperität sicherte.

Dennoch ist die Seele der Stadt im Donaubogen, die längst bis an die Traun-Mündung im Südosten hinausgewachsen ist, weder ausgeprägt industriell, nicht ausgeprägt künstlerisch, nicht einmal ausgeprägt bürgerlich, obwohl sie als Landeshauptstadt eine beträchtliche Beamtenschaft beherbergt.

Im Umland höhnen sie: Linz an der Tramway. Aber tatsächlich: Wiewohl schon Jahrhunderte Stadt, läßt die Nord-Süd-Achse von Urfahr über Donau und Hauptplatz und die zentrale Gasse entlang die Urgestalt des alten Straßendorfes ahnen, sie heißt auch wirklich Landstraße und ist durchfahren von der schmalspurigen Tramway, ist aber entgegen der wohlwollenden Geringschätzung lebhaftestes Areal ganz Oberösterreichs. Sie hat längst dem Hauptplatz, dem gotischen, geschmackvoll barock geschminkten Herzstück, das Leben und die Lebendigkeit abgesaugt.

Wie aber ist dann die Seele? Ländlich ist sie, verwurzelt wie die keiner anderen Großstadt im Umland, in den bäuerlichen Arealen der Umgebung. Wo sonst in der Stadt ließe sich die Herkunft ihrer Einwohner so genau schon daran erkennen, was auf den Mittagstisch kommt. Wer hier etwa Speck- und Grammelknödel aufgetischt bekommt, der weiß: Die kleinen glitschigen gekochten mit der kompakten Füllung sind aus dem Innviertel, die lockeren, gebräunten, mit Eimilch im Reindl gebacken, aus dem Mühlviertel, womit im Zweifelsfalle der Ursprung der Gastgeber ziemlich präzise identifiziert wäre.

Wer den „Urfahranamoarkt" besucht, diese pittoreske Mischung aus Rummel, Messe und Jahrmarkt drüben an der Lände im Stadtteil Urfahr – der kleinen Schwester, die sich Linz längst einverleibt hat – der erahnt in der Beharrlichkeit der Kleingewerbe, in der heiteren Bescheidenheit der Vergnügungen, in der grundsympathischen Abneigung gegen alle Exzesse der Modernität die innere Verfassung einer alten Landmetropole, die im Herzen immer Land geblieben ist.

Wer hätte keine Verwandten draußen, die sich im oft kargen Bauernland und der alten Existenz festgekrallt haben; viele bewirtschaften selbst noch ihren Acker, unentschieden, ob sie als in der Industrie arbeitende Nebenerwerbsbauern nun eigentlich Landvolk geblieben oder zu Städtern geworden sind. Linz verlangt den Menschen keine Entscheidungen dieser Art ab, duldet sie alle mit ihrem Zugehörigkeitssinn, läge er nun im städtischen Weichbild und seinem Bürgerbewußtsein, oder ganz woanders oder dazwischen.

Und wem seinerseits die Identifikationen nichts sagen, der kann ihnen räumlich und körperlich rasch entfliehen, kann der überdurchschnittlich grünen Stadt der Fabriken, Werkstätten und Arbeitshallen in wenigen Minuten entkommen. Die Auslässe durchziehen weit weniger als anderswo öde Vorstadtwüsten. Mancherorts endet ein Straßenspund so unmittelbar in der Schraffur der Äcker, in den Windungen eines Mühltals, im grünen Farbenspiel eines Mischgehölzes, daß man es momentan für eine Fata Morgana halten könnte, gerade durch eine Stadt gefahren zu sein. Und wer dem alten Kreuzweg unter den mächtigen Kastanien den Pöstlingberg hinauf folgt, der ahnt, wenn ihn nicht der imposante Ausblick völlig fesselt, einiges von einer bäuerlichen Wallfahrt.

Die Pendler haben sich indessen auf halbem Wege angesiedelt. Es hat hier Tradition, siedlungsartige Großwohnanlagen kompakt und geschlossen ins Land zu stellen, mit einigem ästhetischen Geschick und mit viel Sinn für die Bedürfnisse sozialen Zusammenlebens. Nur die Sechzigerjahre schlugen mit gigantischen Menschensilos aus dem Rahmen. Selbst die – außer der Schwerindustrie – sichtbarste Hinterlassenschaft des Nationalsozialismus atmet heute Gemütlichkeit: die sogenannten Hitler-Häuser, große Wohnhofanlagen, die man 1938 und später für die Berufsgruppen der Gewerbe und die Zuwanderer aus dem Umland gebaut hat.

Welch Segen, daß den Nazis nur die Zeit blieb, diese bescheidenen Bauten aufzuführen. Denn alptraumhaft präsentieren sich die Pläne für die Ausrufung von Linz als „Heimatstadt des Führers". Man hätte sein altes Antlitz ausgemerzt oder überschattet mit gigantischen Klötzen und Kuppeln, dem Zentralbahnhof der Breitspurbahn – eines der technisch irrsinnigsten Vorhaben der NS-Planer –, der Parteihochschule, dem Alterssitz des Führers und schließlich Hitlers Mausoleum, alles von pyramidalem Zuschnitt und von steingewordener Gewalttätigkeit. Die Linzer schauen nur ungern in die herostratischen Pläne!

Linz schmiegt sich ganz eng in den Donaubogen. Gleichsam in der Kurve, in der Biegung des Stromes sind Historiker und Etymologen fündig geworden bei ihrem Stöbern, was wohl der Ursprung dieses Namens sei. Die Kelten nannten den gebogenen Ort „lentos". Antike und Mittelalter verbogen den Namen – ohne die Bedeutung des Wortes mehr zu kennen – weiter ins lateinische Lentia und in Linze. Wer freilich dieses Einschmiegen in die geschlossene Lage zwischen Flußbiegung

und dem Kürnberg, dem Pöstlingberg und dem Pfenningberg auf die intellektuellen Verhältnisse übertrüge, der irrte. Denn Landstädte waren immer offene Städte, nicht gerade allem aufgeschlossen, aber auch nie im Geiste verrammelt.

In sich selbst duldet die Stadt im Grunde alles, auch wenn sie vieles nicht wirklich annimmt. Eine merkwürdig offene Situation zahlreicher geschlossener Gesellschaften tut sich dem Fremden dar, der in die Schichtungen des Linzer Lebens einzudringen sucht. Gleichsam wie in einem Planetengetriebe kreisen recht hermetische Körper umeinander, verzahnen sich, greift einer in den anderen, ohne sich je zu vermengen. Linzer, ihrer Stadt durchaus wohlwollend, sehen dies als eines der Ergebnisse der Außenbezogenheit ins Bauernumland, aber auch dessen, daß niemand die Grenzen der Stadt so richtig wahrnimmt. So schafft man sich seine eigenen Grenzen, auch untereinander, was dazu führt, daß Linz eigentlich über kein weiträumiges gesellschaftliches Stadtleben verfügt.

Nichts birgt mehr die Gefahr zur Provinzialität in sich als Jubiläen. Da pflegen Ausstellungen, Reden und Festakte mit erheblicher Bemühtheit eher zufällige Geschichtsgegebenheiten ins Licht von Taten und Epochen zu tauchen. Linz wirft sich natürlich auch in die Brust mit seinen „500 Jahren Landeshauptstadt" (1990), allerdings mit Augenmaß, ohne etwa so zu tun, als sei die Regentschaft Kaiser Friedrichs III. vom gewaltigen Quaderschloß über der Stadt aus über das ganze Heilige Römische Reich mehr gewesen als Episode. Wie sympathisch, daß Bürgerstolz sich hier viel konkreter versammelt: Etwa im alljährlichen Bruckner-Fest, das es vermochte, neben den an ihrer Fülle und Verfettung ächzenden gigantomanischen Festspielen in Salzburg und Wien der Stadt separates Flair zu verleihen. Das Motto der Beliebigkeit – dies und das, für alle was – war offenbar nie der Linzer Sache.

Hier ist es den Leuten selbst überlassen, den Skulpturen-Park an der Donau hinter dem Brucknerhaus für eine hübsche Anlage oder für ein imposantes Freilichtmuseum zu halten. Natürlich wird es immer Leute geben,

die gleichermaßen Liederabende im Konzertsaal besuchen, Rockkonzerte und Kleinbühnenspektakel im hafennahen Posthof, die den Spuren des ungemein witzigen und volksfreundlichen Pflaster-Spektakels folgen und dann wieder ergriffen Bruckners Symphonien lauschen, während man nächtens mit Laser über der Donau das Lichtprofil des Meisters in den schwarzen Himmel wirft. Trotzdem benennen alle diese Aktivitäten die verschiedenen Kleinkosmen der Stadt, die speziellen Interessen der einzelnen Gruppen, die für sich exekutiert doch die Existenz aller erheblich bereichern können.

Merkwürdig, daß da nur eine Gruppe völlig ausfällt in ihrem soziokulturellen Profil: die Studenten. Linz ist immerhin Universitätsstadt. Die Alma mater ist überwiegend wirtschaftlich orientiert. Es ist wohl ein arbeitsreiches Klima, das da herrscht, gibt es doch die spezifisch studentischen Ausbuchtungen des Stadtlebens so gut wie nicht. Die pittoresken Quartiere mit den charakteristischen Kneipen, Bühnen, Initiativen fehlen, die akademische Jugend hat sich hier das Recht nie herausgenommen, aufsässig, frech und ungerecht zu sein gegenüber den Alten und Etablierten.

So ist es auch eine ziemlich alle Bevölkerungsgruppen einbeziehende Lebenslust, die unter Führung des ortsansässigen Schicki-Micki die boomartig aufgeschossene Beisl-Szene in der Altstadt belebt. So ist letztlich der Posthof, eine klug geplante, große Initiativbühne für alles, was in die

Brucknerhäuser und ähnliche Institutionen nicht paßt, eher Ausdruck der berechnenden Voraussicht ruheliebender Lokalpolitiker, denn Ausfluß einer druckvollen, nach Fluchtwegen aus der Wohlanständigkeit suchenden Jugend- und Alternativbewegung. Ihr Wert schmälert sich nicht dadurch. Wiewohl doch der Raum für künstlerisch aufsässige Geister eng bleibt. Aber das ist kein rein Linzer Phänomen. Andererseits erwarb man hier offenen Blick für gute Gegebenheiten, wenn sich zum Beispiel viel früher als anderwärts Heimatstolz an einem überaus

gelungenen Industriebau festmachte: der tatsächlich bei vielen regelrecht geliebten Tabak-Fabrik, einem Bauhausobjekt von ungeahnter Eleganz und Schönheit, das in seiner idealen Verbindung von Zweck und Form noch heute vorbildhaft ist.

Vorahnungen waren es wohl auch, die die Kunst zur Vorformulierung sehr konkreter Zukunftsvisionen der Stadt bewog.

Auch wenn die Ars electronica, dieses europaweit ziemlich einzigartige Festival der Video-Kunst, der Computer-Komposition, der synthetischen Ästhetik schlechthin, auch zwischendurch in die Lethargie des Zufriedenen verfällt, den revolutionären Duktus missen läßt, wuchs ihr Symbolwert für das, was Linz künftig sein könnte: Stadt der Innovationen.

Konkrete Linien einer Alternativwirtschaft zur Schwerindustrie zu entwickeln, verhinderten wohl lange Zeit die soziokulturelle Identifikation mit den Hochöfen, den Schmelzen, den Gußwerken, den heute mehr und mehr archaisch anmutenden Werkstätten der ersten technischen Revolution. Hier sind Mythen gewachsen, die auch den Alltag und das Lebens- und Wertgefühl derer prägen, die im Schatten der Schlote groß wurden und arbeiten. Elektronische Schaltkreise hingegen sind zu flüchtiges Material für Mythen. Merkwürdig, wie da über Lieder und Märchen der Jetztzeit, über die grellen Künste der Generatoren und Laser der gefühlsmäßige Zutritt zur neuen Zeit auch der Gewerbe bewerkstelligt wurde.

Es ist durchaus keine Platitüde, stellt man einen inneren Zusammenhang her zwischen der Zuwendung zur Ars electronica und dem Aufbau eines Technologiezentrums neuesten Zuschnitts, in dessen Schnittstellen der Schattenriß einer neuen, auf Dauer tragbaren Gewerbestruktur konkret werden soll.

Auch wenn sich für viele Linzer darin sowas wie Zukunft darstellt, so ist das neue Rathaus der Stadt weit weniger postmoderne Pose als andere verwandte Bauten. Mit diesem großen Haus hat Linz sich Urfahr, die Konkurrentin am Mühlviertler Ufer der Donau, auch psychologisch endgültig einverleibt.

In Alt-Urfahr, diesem kleinbürgerlichen Architekturraum in seiner Schönheit und mit seiner kleinstädtischen Wärme, ist eine Art architektonische Putzsucht ausgebrochen, man erneuert, renoviert die winkeligen Zeilen den Fluß entlang, schafft durch Erneuerung des Alten die Voraussetzungen, daß es niemand mehr in Frage stellen kann. Besserer Mittelstand baut sich seine Wohnsitze aus, Gastgärten sprießen, die Lage am Wasser bekommt neuen Charme.

Eine Vision von menschlichen Verhältnissen gewinnt hier ihre beinahe biedermeierliche Gestalt zurück. So sinnlich, daß man sich vorstellen kann, daß die Waller – an Ort und Stelle sagt man zu diesem Fisch Wels –, die im Donauknie gründeln, auch in ihrem Element bald wieder so ideale Bedingungen vorfinden, daß man sie gerne wieder zu Festtagen im Wurzelsud verzehrt.

Es ist die Idee davon, daß bald schon die Nebel über den Wassern nur noch mit dem Herbstwetter zu tun haben.

Essay von Michael Frank

Korrespondent der Süddeutschen Zeitung für Österreich und die Tschechoslowakei mit Sitz in Wien

Linz
125

*Die „Donaustadt am Alpenrand“
hat ihre ländliche
Vergangenheit
nicht abgestreift
und sich eine
lässige Respektlosigkeit
gegenüber der
urbanen Künstlichkeit
bewahrt.*

Viel Grün um Linz
und in seinen Parks
mit ihren Bänken,
diesen öffentlichen Stützpunkten
der Fürsorglichkeit.

PROMENADE
Nº 3

GOLD

Das Caféhaus ist Kristallisations-punkt einer Art von Szene und Treffpunkt für alle, die dabei sein wollen.

SCHERZER

*Am Flohmarkt
ein Stück
Vergangenheit
kaufen und
vollgepackt mit Erinnerungen
in den
Alltag zurückkehren.*

„Linz an der Tramway“ spöttelten früher jene, die Linz heute um neue Straßenbahnlinien beneiden, die gebaut werden aus Verantwortung gegenüber der Umwelt und unseren Kindern.

Linie Nr.1

UROPAHALLE
BROT
ÄHRENSACHE
Coca-Cola
KAISER
BIER
MEMPHIS
PEARL
PEARL

Bierdorf
SABIAN
546
546

INDIGO

Zweimal im Jahr kommt fahrendes Volk nach Linz, welches das einheimische Volk in Bewegung setzt: mehr als eine halbe Million aus Nah und Fern pilgert dann zum Urfahrmarkt am Donaustrand, dem größten Jahrmarkt Österreichs,

POMMES
FRITES
KASSA
LANGOS
Fritz
Walchshofer

CAST
626 2.0
L 32.008

mazda

Unterhaltung suchen und Gleichgesinnte finden: bei stampfenden Rhythmen, fantastischen Illusionen, lauten Klängen oder auch starken Männern.

Stadt

Wenn sich dem Bürgermeister
die schwarzen Schwammerl
der Mikrofone
entgegenrecken, also:
Reden gehalten,
Fahnen geschwungen,
Musik gespielt
und Trachten getragen werden –
dann ist ein Feiertag.

HOTEL

EHRENPREIS
ESV-AUBERG
EHRENPREIS
ESV-AUBERG

EHRENPREIS
ESV-AUBERG
EHRENPREIS
ESV-AUBERG
EHRENPREIS
ESV-AUBERG
EHRENPREIS
ESV-AUBERG

Sportstadt
nicht allein
der Rekorde wegen –
der Spaß an der Freude
bringt viel mehr Menschen
als der Drang zur Spitze
dazu, sich in Bewegung
zu setzen.

BAU
ADEG
ELAN
MILDE SORTE

WILKINSON
Interlux
SCHÜCO FENSTER
SCHÖLLER EIS

Mauern,
Grenzen
und Zäune
sind dazu da,
um überwunden
zu werden.

Kein Eingang

6

Das Gesicht eines Hauses bestimmen seine Öffnungen – Linz hat viele verschiedene Gesichter.

Alternativen zu allem,
was die modernen Zeiten ausmacht,
finden sich in Linz
an vielen Ecken
und Enden.

Alternativ-Laden

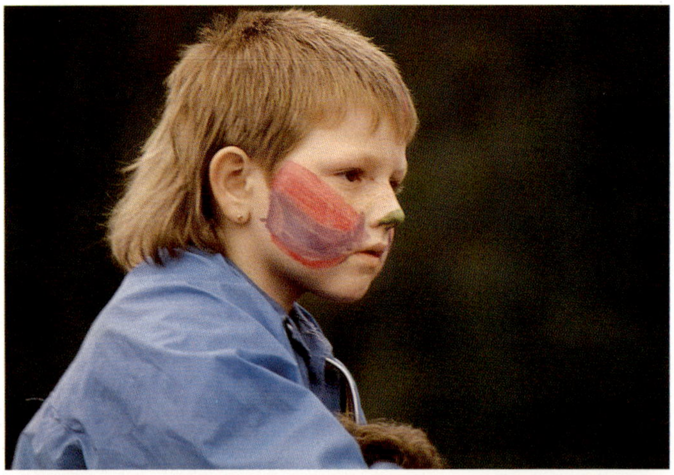

Das Linzer Pflaster
ist immer wieder
für Spektakel gut,
die das Kind
in uns allen
ansprechen.

KOLLEKTION 87

Mit dem modernen
und dem sozialen Wohnbau
wurde für viele
ein Platz an der Sonne
geschaffen.

POSTLINGBER

Am Pöstlingberg mit der Basilika, der Grottenbahn, den Zwergen und Märchenfiguren staunen große Kinderaugen über die im Berg versunkene, kleine Welt.

Himmlisches Licht über einer Stadt, welcher die Industrie zu irdischem Glanz verholfen hat.

*Das Alte
im Spiegel
des Neuen
ist nur
scheinbar
verzerrt.*

17

Brücke
über den Strom
der Unwissenheit
und Quelle
der Erbauung:
das Museum.

FACHARZT FÜR
DR. WOLFGANG FATTINGER
FACHARZT FÜR AUGENHEILKUNDE
ALLE KASSEN
I. STOCK

Sitzende in
der Zone
für Fußgänger
und Liegende
auf der Bank
zum Sitzen: Widersprüche
sind lebenswichtig.

Die Form folgt nicht immer der Funktion – bestehen bleibt der Wille zur Individualität.

Der Maßlosigkeit der Natur,
die Angst macht,
setzten die Linzer mit ihren Altstadt-Häusern
ein menschliches Maß
der Geborgenheit entgegen.

Gegen die Wirklichkeit
anzeichnen –
von den Höhen
der Kunst
bis zu den Niederungen
des Pflasters.

Dem mächtigen Vorbild
der Kirchen und Kirchtürme
stehen Bürgerhäuser
gegenüber, die von
Selbstbewußtsein
zeugen:
an Gott zu glauben,
bedeutet nicht,
auf die eigene
Kraft zu vergessen.

dm drogerie markt
FOTO RÖMER
VENTURO
CHINA-RESTAURANT
GAST-
GARTEN
PELZE

inlingua
Sprachschule
Gösser
eiler
1
H
Taubenmarkt

Mit wenigen Schritten
aus der geschäftigen
Innenstadt
in grüne Ruhebereiche kommen:
zu zweit,
in Gruppen oder
allein.

*Die Entsorgung funktioniert –
und auch die Bürger
kehren vor der eigenen Tür.*

2
Ausweise
Inlandfahrkarten
LVV-Fahrkarten
ZUGANG
3
Ausweise
Inlandfahrkarten
LVV-Fahrkarten
ZUGANG

Inland und
Auslandfahrkarten
5
Inland und
Auslandfahrkarten
ZUGANG

Von der Jugend bis ins Alter ...

... in Bewegung bleiben,
Tag für Tag,
damit man nichts versäumt
vom Leben in der Stadt.

Vom Herausputzen, Renovieren und Verschönern verstehen die Linzer etwas: großstädtischen Verfall gibt es hier nicht.

Stiegl

CAFE
BAR
CENTRUM
CAFE
Hofkabinett

Städtisches Leben bei Tag, einander näherkommen auch bei Nacht – in kleinen Altstadt-Lokalen, jenen gemütlichen Nischen im „Bermuda-Dreieck", in denen schon viele für einige Zeit versunken sind.

ERENNE OC ONUMENTUM
OB ESTEM, GNES, ELLA
MOTA, OPITA,
SUB LORIOSO MPERIO
SEMPER UGUSTI,
OSUERUNT
NCLUTI TATUS ROVINCIÆ
ENATUS, OPULUSQUE INCENSIS

ÖAMTC
ÖAMTC
ÖAMTC
ÖAMTC
STANDLMARKT

Linzer Besonderheiten:
Die Linzer Torte
und die schöne Linzerin,
deren Abbild
– der Sage nach –
vom Markus-Löwen
bis nach Venedig
getragen worden ist.

ÖAMTC
ÖAMTC
ÖAMTC
ÖAMTC
ÖAMTC
STANDLMARKT
NR. 51
ÖAMTC
STANDLMARKT

KAFFEE
STEMPFER
KAFFEE
1
1

*Jugend-
freundliche
Stadtpolitik
stößt ein
Fenster auf
für den Start
in eine Zukunft
auf der Basis
einer schönen
Vergangenheit.*

LINZ

Miteinander
das Leben
in der Stadt
zu verschönern –
daran haben die
Linzer Bürger
zu jeder Zeit
erfolgreich
geschmiedet.

Nymphaeaceae
Nymphaea
rubra Roxb.
Ostindien

Aus dem
Dschungel
der Großstadt
in den
Farbenrausch
der Blütenpracht
eintauchen und – im Botanischen Garten –
die Phantasie von Ostindien
bis nach Südamerika reisen lassen.

varian
VISTA 5500

Mensch und Maschine –
ein Spannungsfeld,
in welchem auch das neue
Linzer Hochtechnologie-Zentrum
wirksam wird.

Moderne Engerl haben keine Flügel, aber dafür ein Plastikboot am Pleschingersee.

Weitläufige Grünoasen in der Stadt: Orte der Fröhlichkeit, der Einsamkeit, der Erwartung, der Erholung und der Freundschaft.

Ruderhochburg Linz: ein paar olympische Medaillen wanderten schon auf dem Wasserweg in die Donaustadt.

Wien-Salzburg

In der Mitte zwischen Salzburg und Wien liegt Linz mit seinen vielen Plätzen für gemütliche Entspannung.

KONE
2
5
6
6

1
II
12

SCHIFFSWERFT LINZ

Der natürliche Weg nach Linz auf dem Wasser wurde längst durch viele künstliche Wege auf dem Land ergänzt – bedeutsam aber blieb er bis heute.

Linz Hbf

Was Linz schon vor
langer Zeit
zu einem Zentrum gemacht hat:
seine geografische Lage
im Knotenpunkt
wichtiger
Verkehrsachsen.

KRIVAŇ

Auf der Donau – ein harmonisches Nebeneinander von Technik und Natur.

Flughafen Linz
Catering

Höhenflüge des Linzer Flughafens, von dem aus immer mehr in die Luft gehen.

Wenn der Himmel
vom Rot ins Grau wechselt,
kann ein bunter
Schirm auch bei Regen
an einen schönen
Abend erinnern.

Blumen als Aufputz
für die
würdevolle Patina
des Alten.

Pfarrplatz

*Der Märchenwald
mit seinen
dunklen Gesichtern
und der Zauberberg
mit seinen Zwergen
sind in Linz
gar nicht weit weg
von der
pittoresken
Altstadt.*

OBERWALDER
Brillen
Brillen-Pippig
OBERWALDER
EDUSCHO

erbank
INADLER
Oberbank
berbank
PIRNGRUBER
PIRNGRUBER

„In der
Stadt
machen sie
die Nacht
zum Tag“,
erzählten
einander
die Leute,
und fuhren
hin und
staunten.

Künstlich beleuchtete Röhren für Autos und Gewölbe für Menschen, die draußen ihre eigenen Abbilder wiederfinden – mit Preisschildern versehen.

Mit dem fünf Meter hohen Kreuz auf dem Turm des Mariendoms haben die Linzer den Wienern ein Schnippchen geschlagen: Jetzt ist er doch höher als der Steffl.

Religion
mit Tradition:
in Linz steht
die älteste Kirche
Österreichs.

Damen
HERREN
BIOLIFE
VLG
Gepflegtes Haar ist „en vogue"
GOLDWELL

HELLMONSÖDT

Vom Wäsche-waschen bis zum Stadtbummel war der Weg mühsam für die Frauen – nicht nur in Linz.

Symbol des Aufbaus und modernes Wahrzeichen: die Voest und die Voestler gehören zu Linz wie die Donau und der Pöstlingberg.

Neben dem beschaulichen gibt es das betriebsame Linz, das seine Ästhetik jenen offenbart, die sie suchen.

Stahlstadt-Kunst am Donauufer – keine ruhige Kugel für konzentrierte Betrachter.

Kunst und Kommunikation zum Schauen: in der Neuen Galerie, im Museum und im Brucknerhaus.

Der Natur ihren Freiraum lassen, um den Menschen genügend Spielraum zu geben.

ANNY SACHER
FRIEDRICH SACHER
w. Amtsrat

FAMILIE FISCHER
ANTON
ERICH
MARIA
384

Leben,
das in der Erde
sich wandelt,
wuchs aus dem Wasser,
welches wir brauchen –
uns braucht es nicht.

Die Wintersonne sorgt für viel aufregendere Silhouetten als im Sommer und geht noch immer hinter dem Pöstlingberg unter.

Stelzhamer
schrieb gegen die Kälte
des Hochdeutsch
Mundart –
Frühlingsboten
nach der strengen Ordnung
des Winters.

*Dem alten Ruf der Schwäne,
die von der Donau aufsteigen,
können wir erst seit kurzem folgen:
seither sind auch am Himmel
Zeichen unserer Zivilisation
zu sehen.*

Flugs wurde
aus dem Besucher
ein Gast,
aus der
flüchtigen
Bekanntschaft
die große Liebe
fürs Leben
in Linz.

B I L D V E R Z E I C H N I S

Seite 114/115: Alfred Scherrer
Florianialtar in der Linzer Stadtpfarrkirche mit historischer Linz-Ansicht um 1694

Seite 116/117: Wolfgang Victor
Flugaufnahme: Im Vordergrund die Häuser des Hauptplatzes, links die Linzer Stadtpfarrkirche, rechts der Alte Dom

Seite 118/119: Wolfgang Victor
Mittelpunkt von Linz: Die Landstraße

Seite 120 und 121: Wolfgang Victor
Erholung im Schloßpark über Linz mit Blick auf die Donau

Seite 122/123: Alfred Scherrer
Vogelwelt an der Donau bei der Nibelungenbrücke in Urfahr

Seite 124: Wolfgang Victor
Typisch für Linz: Die vielen Innenhöfe

Seite 125: Wolfgang Victor
Am Froschberg

Seite 126/127: Wolfgang Victor
Schalterhalle des Hauptbahnhofes

Seite 128 und 129: Alfred Scherrer
Betriebsamkeit

Seite 130/131: Wolfgang Victor
Die Dreifaltigkeitssäule am Hauptplatz

Seite 132 und 133: Wolfgang Victor
Frühlingsputz

Seite 134/135: Wolfgang Victor
Das Neue Linzer Rathaus in Urfahr mit dem Pöstlingberg

Seite 136/137: Alfred Scherrer
Frühlingserwachen im Volksgarten

Seite 138: Andreas Allerstorfer
Nachtleben im „Bermuda-Dreieck", Hofgasse (Altstadt)

Seite 139: Wolfgang Victor
Beisl-Architektur in der Altstadt („Bermuda-Dreieck")

Seite 140/141: Wolfgang Victor
Häuser am Hauptplatz mit Dreifaltigkeitssäule

Seite 142/143: Wolfgang Victor
Stiegenaufgang Adlergasse zum Hauptplatz

Seite 144/145: Wolfgang Victor
Eine Linzer Spezialität: Die Linzer Torte

Seite 146: Alfred Scherrer
„Schaufenster in Arbeit"

Seite 147: Alfred Scherrer
Einkaufszentrum Linz

Seite 148/149: Alfred Scherrer
Ein Festtag der Linzer: „Tag der offenen Tür"

Seite 150: Wolfgang Victor
Neues Leben in alten Häusern

Seite 151: Wolfgang Victor
Zunftzeichen der Bäcker am Pfarrplatz

Seite 152/153: Wolfgang Victor
Schiffsanlegestelle bei der Nibelungenbrücke

Seite 154: Wolfgang Victor
Barocke Gittertüre im Bischofshof, Herrenstraße 19

Seite 155: Alfred Scherrer
Barockes Balkongitter am Haus Auerspergstraße 19

Seite 156/157: Wolfgang Victor
Ostindische Seerose im Botanischen Garten

Seite 158/159: Wolfgang Victor
Pflanzenpracht im Botanischen Garten

Seite 160 und 161: Chemie Holding AG
Forschung und Analytik in der Linzer Chemie

Seite 162: Alfred Scherrer
Badefreuden am Pleschinger See am Stadtrand von Urfahr

Seite 163: Wolfgang Victor
Detail an der Dreifaltigkeitssäule am Hauptplatz

Seite 164/165: Alfred Scherrer
Freizeitspaß an den nahen Linzer Badeseen

Seite 166: Wolfgang Victor/Alfred Scherrer
Impressionen von den vielen Linzer Parks

Seite 167: Alfred Scherrer
Spaziergang an der Donau

Seite 168 und 169: Alfred Scherrer
Wassersport im Donauhafen

Seite 170: Alfred Scherrer
Oberösterreichische Gebietskrankenkasse in der Gruberstraße

Seite 171: Wolfgang Victor
Im Hatschekpark

Seite 172/173: Alfred Scherrer
Hauptwerkstätte der Linzer Verkehrsbetriebe „ESG" in Kleinmünchen

Seite 174/175: Wolfgang Victor
Flugaufnahme: Die Linzer Schiffswerft mit dem größten Binnenschiff der „DDSG", der „Mozart", am Trockendock

Seite 176: Wolfgang Victor
Autobahnzubringer zur Westautobahn, der Autostraße quer durch Österreich

Seite 177: Wolfgang Victor
Personen-Schiffahrt auf der Donau zwischen Passau und Wien

Seite 178/179: Wolfgang Victor
Flugaufnahme: Autobahnknoten in der Neuen Heimat

Seite 180: Wolfgang Victor
Revisionsarbeiten am Hauptbahnhof

Seite 181: Wolfgang Victor
Verschubarbeiten am Frachtenbahnhof

Seite 182/183: Erika Reifetzhammer
Detail vom Hauptbahnhof

Seite 184: Alfred Scherrer
Zugschiff auf der Donau

Seite 185: Alfred Scherrer
Wildenten im Donau-Hafen

Seite 186 und 187: Wolfgang Victor
Flughafen Linz-Hörsching

Seite 188/189: Alfred Scherrer
Schulkinder

Seite 190: Alfred Scherrer
Abendrot über dem Kürnberg

Seite 191: Alfred Scherrer
Landstraße

Seite 192/193: Wolfgang Victor
Detail eines Geschäftsschildes auf der Landstraße

Seite 194: Erika Reifetzhammer
Blumenkorso am Donauufer

Seite 195: Wolfgang Victor
Blumengeschäft am Pfarrplatz

Seite 196/197: Alfred Scherrer
Malerische Haus-Fassade am Pfarrplatz

Seite 198: Erika Reifetzhammer
Pulverturm am Freinberg, Relikt der Befestigungsanlagen rund um Linz

Seite 199: Erika Reifetzhammer
Abendpanorama mit Sonnenuntergang über dem Pöstlingberg

Seite 200/201: Wolfgang Victor
Landstraße bei Nacht

Seite 202 und 203: Wolfgang Victor/Alfred Scherrer
Das Lichtermeer von Linz

Seite 204/205: Wolfgang Victor
Römerberg-Tunnel

Seite 206: Wolfgang Victor
Altstadt-Bar

Seite 207: Wolfgang Victor
Landstraßen-Schaufenster

Seite 208: Alfred Scherrer
Der Neue Dom mit seinem knapp 135 m hohen Turm

Seite 209: Wolfgang Victor
Bischofstraße

Seite 210/211: Alfred Scherrer
Der größte Kirchenraum Österreichs: Innenansicht vom Neuen Dom

Seite 212: Alfred Scherrer
Erstkommunion in der Friedenskirche in Urfahr

Seite 213: Alfred Scherrer
Hochzeit in der ältesten Kirche Österreichs, der Martinskirche am Römerberg

Seite 214/215: Wolfgang Victor
Geschäftsportal im Stil der fünfziger Jahre in der Theatergasse

Seite 216/217: Wolfgang Victor
Der Alte Dom. Rund 150 Jahre diente er sieben Bischöfen als Domkirche

Seite 218: Alfred Scherrer
Alltag am Froschberg

Seite 219: Wolfgang Victor
Geschäftspassage Schmidtorstraße

Seite 220: Alfred Scherrer
Schlote der Linzer Schwerindustrie

Seite 221: Wolfgang Victor
In der Kokerei des Stahlwerkes der Voest

Seite 222/223: Wolfgang Victor
Die verwinkelte Altstadt am Hofberg

Seite 224: Wolfgang Victor
An der Westbahnstrecke von Bregenz bis Wien: Der Vorstadt-Bahnhof Asten bei Linz

Seite 225: Wolfgang Victor
Güterumschlag im Stadthafen

Seite 226/227: Alfred Scherrer

Die Donauhäfen vor Sonnenuntergang

Seite 228 und 229: Wolfgang Victor

Moderne Kunst im Donaupark: Forum Metall „Donauatlas" und „Hommage à Anton Bruckner"

Seite 230/231: Wolfgang Victor

Neue Galerie im „Lentia 2000"

Seite 232 und 233: Wolfgang Victor/Erika Döberl

Fotoausstellung in der Neuen Galerie, Schulklasse im Schloßmuseum, Computerspiele im Landesmuseum, Ausstellung im Brucknerhaus

Seite 234/235: Wolfgang Victor

Blick von der „Moarwies'n": Morgendämmerung über Urfahr

Seite 236/237: Wolfgang Victor

Zauberhafter Herbst in Alt-Urfahr

Seite 238: Wolfgang Victor

Romantisches Augebiet am Stadtrand

Seite 239: Wolfgang Victor

Surfen am Pichlinger See

Seite 240/241: Wolfgang Victor

Der St.-Barbara-Friedhof

Seite 242: Alfred Scherrer

Fischerboot am Donaustrand

Seite 243: Alfred Scherrer

Donauromantik

Seite 244 und 245: Alfred Scherrer

Ein Winterabend

Seite 246/247: Alfred Scherrer

Der Linzer Volksgarten mit dem Denkmal von Franz Stelzhamer, dem Dichter der oberösterreichischen Landeshymne

Seite 248 und 249: Alfred Scherrer

In den zentrumsnahen Donauauen

Seite 250: Alfred Scherrer

Ein Paradies für Schwäne: Die Linzer Gewässer

Seite 251: Alfred Scherrer

Von Linz in die weite Welt

Seite 252: Wolfgang Victor

Möwe im Flug über die Donau

Umschlag-Innenseite hinten: Wolfgang Victor

Flugaufnahme: Im Vordergrund das Brucknerhaus, benannt nach dem größten heimischen Komponisten

Wir danken allen Personen, Firmen, Institutionen und öffentlichen Einrichtungen, die uns durch ihr Entgegenkommen die fotografische Aufbereitung dieses Buches ermöglicht haben.